To.

From.

레알

REAL

신혼
일기

또리 지음

올라
HOLA

Prologue.

13년의 연애를 마치고
결혼에 골인했다.

연애와는 또 다른
진짜 결혼생활.

레알신혼일기 시작.

• 작가의 말 •

어린 시절부터 그림이 마냥 좋았습니다.
일상을 글보단 그림으로 표현하는 게 더 즐거웠고
주변 사람들에게 직접 그린 그림을 보여주는 것이
가장 큰 기쁨이었습니다.

그러던 제가 어느 날 결혼을 했습니다.
사랑하는 사람과 13년이란 오랜 연애 끝에
이루어낸 결실이었지만 달콤한 신혼생활 상상과 달리
그 안엔 매운맛, 쓴맛, 짠맛 모두가 있었습니다.

이 다양한 맛들을 제가 가장 좋아하는 그림으로
많은 사람들에게 알리고 싶어졌습니다.
아니.. 알려야 했습니다!!! @.@

보다 쉽고 재미있게, 그리고 의미 있게.

특히 결혼을 준비하거나 이제 막 시작한 신혼부부,
혹은 연애 중인 커플 분들께 말이죠.

지금 '사랑'하고 계신 이 세상의 모든 분들이
더 '사랑'하실 수 있는 작은 계기가 되기를 바라며
제 REAL한 신혼일기를 살짝 공개합니다.

CONTENTS

 # 1장 신혼부부가 되다 : 1년 차

신혼부부로 살다 : 2~3년 차

2장

3장 신혼부부로 남다 : 모든 연차

BONUS : 아내의 일기

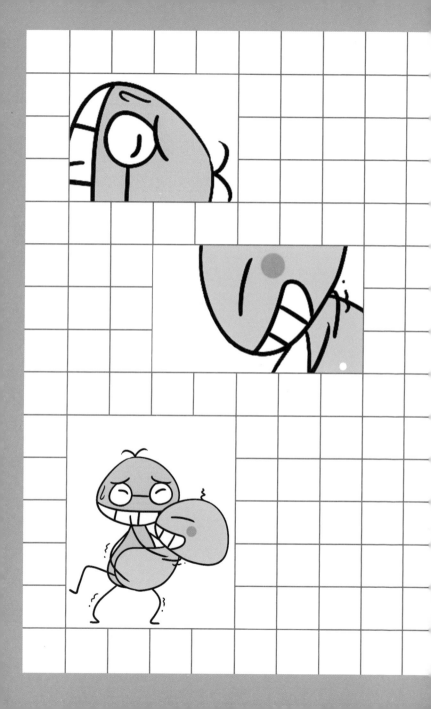

1

신혼부부가 되다

1년 차

신혼 초 여보 호칭이
어색한 커플이 많다.

우린 어색하지 않다.

그냥 연애 시작부터
여보라 부르면 된다.

신혼은 1년 차.
여보는 14년 차.

연애를 부부처럼 하고 싶다면.

부부의 역할을 나누고 싶다면?

신혼 초 역할 나누기.

그럼 난 청소 담당
여보 빨래 담당해

싫은데?

청소는 여보 담당
빨래는 같이 해야지

응?

나만 이상해?

뭐지 이 불공평한 느낌은.

함께 시작한 공동생활,
역할 1/n로 나누려다
마음까지 1/n 된다.

우리도 슬슬
돈 관리 합칠까?
내가 맡을게

응?

돈 합치자고

응...좋아...

똑바로 대답
안 할래

인상 펴라

부부는 합치면서 왜 돈은 따로?

4	**주말 신혼부부가 쉴 수 없는 이유?**	

와~ 드디어
주말이다!!

띠리링

주말에 와서
음식 가져가렴

네네

1장 신혼부부가 되다

25

일주일 뒤.

와~ 주말!
이번 주엔 쉬어...

주말에 동생
생일인 거 알지?

네네

다시 일주일 뒤.

주말이다!
이번 주는 꼭!!

주말에 친척이
집들이 하잰다

네네

또 다시 일주일 뒤.

주말이다!　　　　여행 기념품
설마 이번 주는...　드리러 가야지

주말에도 쉴 수 없는 신혼부부,
신기하게 매주 이유가 생긴다.

부부 방귀는 안녕하십니까?

우린 아직 방귀를 못 텄다.

잠자리 빼고.

센스 있는 부부라면
들어도 못 들은 척,
맡아도 못 맡은 척.

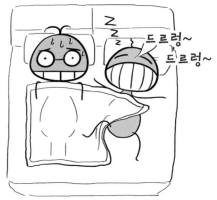

옆에서 코골이가 심하면

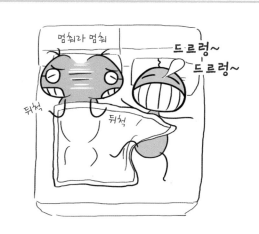

뒤척여 보기도 하고

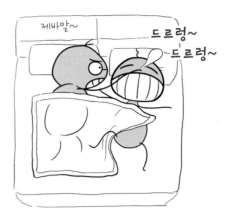

코 아래 손도 대 보고

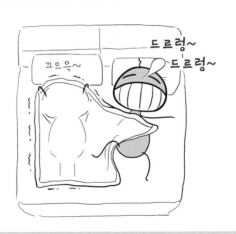

이불 속으로 피신했다가

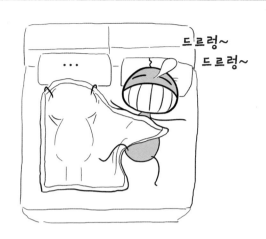

드르렁~
드르렁~

...

지쳐 잠이 듭니다.

사랑하면 코골이도
자장가로 들린다.

결혼 전후 쇼핑 비교

결혼 전
쇼핑 = 옷보기

결혼 후
쇼핑 = 장보기

결혼 전 쇼핑은 홀로.
결혼 후 쇼핑은 함께.

결혼 전후 데이트 비교

결혼 전엔
준비만 하루종일.

척!

츄리닝

결혼 후엔
1초면 준비 끝.

❝

결과에 이르는
시간이 짧아진다는 건
하나가 되어간다는 것.

❞

처가에 가면

나의 말이 많아진다.

본가에 가면

아내의 말이 많아진다.

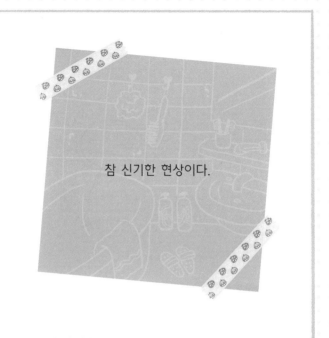

참 신기한 현상이다.

66

배우자 가족과의 식사자리,
편해서 말이 많아질까,
불편해서 말이 많아질까.

1장
신
혼
부
부
가
되
다

신혼에 해산물
손질은 쉽지 않다.

함부로 나서지 말자.

신혼 초 역할 여든 간다.

신혼부부가 김치를 처음 만들면

김치가 다 떨어졌다.

우리가 직접
담가볼까?

괜찮겠어? 처음인데;;

열무, 부추, 파,
얼갈이, 고수,
마늘...

덥다 더워~
빨리 가자

집 도착.

김치 버무릴
큰 볼이 없네;

...

지금 4센치면
되겠지 가자~

휴...
아까 사지...

집 도착.

양파랑 과일을
넣음 더 맛있대네?

...

힘들게 만들수록 맛은 더 있다.
(일반적으로)

먹어볼래?

음..엄마가 하는 것
보다 좀 싱거운데?

48

아내와 엄마를
비교하지 말자.

부부 사전에 '비교'란 없다.

> 신혼생활은
> 연기력 향상에 도움을 준다.

부부끼리 잠을 자다 보면

예상 못 한 변을 당하기도 한다.

사랑한다면
상대의 모든 걸(?) 사랑해 주자.

본가 방문일.

여보~ 좀 쉬고 있어
나 병원 다녀올게   응?;;

저..저기요;;

그래그래~
우리 가족이잖니
패밀리~

며칠 후.

처가 방문일.

응?

여보 나 엄마랑
쇼핑 좀 다녀올게

66

사랑하는 이의 부모님,
편한 듯 불편한 듯
헷갈리는 게 정상이다.

결혼 전엔 미처 몰랐다.

여보옹~ 오늘 우리
뭐 먹을깡? 응? 응?

아내의 다정함과 애교가

누구에게나 허용된 건
아니란 것을.

여보옹~ 그래서 말양~
아까 어디까지
얘기했징?

무서워;;

휙~

내 아내라서 다행이다.

허용의 범주가 클지는 몰라도
부부 사이에도 당연한 건 없다.

12시엔
자기로 했자나
빨리 자자

딱 30분만!!

+30분

+2시간

덜컹

파바박

뭐가 있던 것
같은데...

음냐

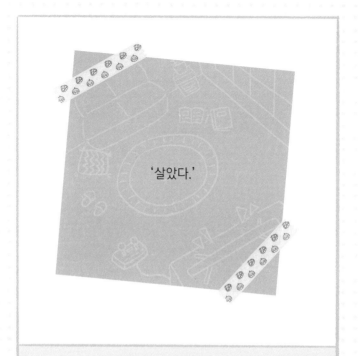

'살았다.'

결혼은 눈치와
순발력 향상에 도움을 준다.

부부 서약서

1. 서로가 원하는 것들 가능한 따라 주기
2. 어떠한 것도 서로에게 강요하지 않기
3. 내 식대로 변화되길 요구하지 않기

꼭 지키자~   응~

부부 서약서

1. 서로가 원하는 것들 가능한 따라 주기
2. 어떠한 것도 서로에게 강요하지 않기
3. 내 식대로 변화되길 요구하지 않기

1조에 의거
게임 같이 하자

부부 서약서

1. 서로가 원하는 것들 가능한 따라 주기
2. **어떠한 것도 서로에게 강요하지 않기**
3. 내 식대로 변화되길 요구하지 않기

부부 서약서

1. 서로가 원하는 것들 가능한 따라 주기
2. 어떠한 것도 서로에게 강요하지 않기
3. **내 식대로 변화되길 요구하지 않기**

WIFE WIN

서약서...없앨까?

생일 기념
부모님이 용돈 주셨다아~!!

짠

여보여보~
나 생일이라고
용돈 받았어

자랑

자랑

나만 이상해?

내 돈인데
당연히
내가 쓰지

설마 뺏으려 한 거?
위험했다...

뭐지 이 허락받은 기분은.

내 돈 같지만 내 돈 아닌 결혼 후 용돈,
허락받고 쓰는 게 신상에 좋다.

냉장고가 비었다.

이럴 때 필요한 건?

양가 방문

냉장고가 텅 비었을 때.
부모님 사랑합니다♡

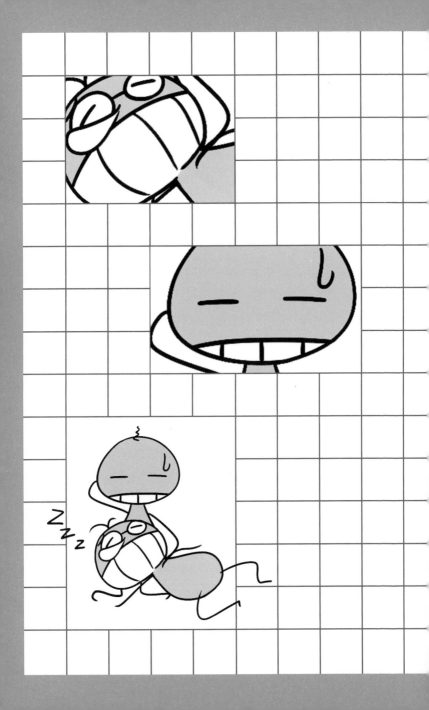

2

신혼부부로 살다

2~3년 차

가계부와 저축의 상관관계

뭐 해?   가계부 써

결혼 참 잘한 것 같아

♪~

가계부를 잘 정리하는 모습은
언제 봐도 이쁘다.

내가
문젠가

또 지출만
늘었다;

근데 왜 저축이
늘지 않는 것일까.

66

신혼의 저축 사정,
가계부는 정리가 아닌 관리다.

99

월급 정산일.

뭐지, 이 불공평한 느낌은.

부부의 용돈 배당,
믿고 맡겼으면 그냥 믿고 맡기자.

내 집 마련하려면

전세 만기이
얼마 안 남았네

집이나
보러 갈까?

더 큰 집으로
이사갈까?

좋지

없으면 없는 대로 있으면 있는 대로.
하지만 꿈은 잊지 말자.

빈병 반납하자
180원 받을 수 있어

티끌 모아
태산

일 끝나고 걸어왔어
버스비 천원 아꼈다

한 시간밖에
안 걸렸어

영수증 모아 재결제하자
카드사 5% 할인받게

합산하면
10만 원 넘어

여행 항공권 끊었어
인당 40만 원이야

성수기라
20만 원 더 비싸

부부 씀씀이의
눈높이를 맞춰야 돈이 모인다.

부부 출근시간이 다르면

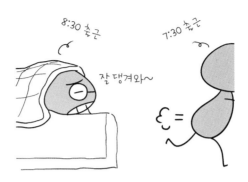

우리 부부는
출근 시간이 다르다.

그래서 아침밥은
혼자 먹게 된다.

2장 신혼부부로 살다

한 시간만 일찍 일어나면

같이 먹을 수 있는데…

한 시간은
무리무리~

그냥 혼자 먹을랜다.

66

부부라도
서로 손해 보는 짓은 잘 안 한다.

99

모델하우스에 갔다.

> 우리가 살고 싶은 집,
> 꿈이 없으면 부부의 행복도 없다.

여자의 변신은 무죄.

사랑을 위한 변신은 평생 무죄다.

샤워를 했다.

신혼 초.

캬~ 시원하다

올누드

신혼 3년 차.

사랑은 말보다 마음이 중요하다.

임신을 안 하면 벌어지는 일

처가에 가도

본가에 가도

도망을 쳐도

벗어날 수 없다.

임신하면 끝날 것이요,
안 해도 시간이 해결해 준다.

주말이 왔다.

어디 놀러 갈까?   글쎄...

66

우리 집이 최고의
데이트 코스이자 놀이공원.

99

화장실 사용법 – 작은 거 편

신혼 초기.

신혼 중기.

신혼 말기.

화장실을 공유할수록
부부의 정은 깊어만 간다.

월말 운명의 정산 시간.

요거 안 먹히네?!

뭐든 적당히 하자.

개인 용돈이든 부부 생활비든
어차피 '우리' 돈이다.

장 보던 아내가 사라진다면

장을 보다 보면

간혹 상대가 사라지곤 한다.

신혼 초.

신혼 3년 차.

뭐… 어딘가 있겠지.

시간이 갈수록
부부의 신뢰는 강해진다?

여보?

?

신혼부부는 보통
전셋집에 산다.

집 좀 꾸밀까?

노 노~ 전세인데
대충 살지 뭐~

...그럼 샤워기
고쳐줘~ 물이 샌다

노노~ 전세인데
대충 쓰지 뭐~

...화장실 대청소 해
묵은 때 좀 지워~

노노~ 전세인데
대충 하지 뭐~

왜 사냐!!!

퍽

너무 했나;;

전세라도
적당히는 하며 살자.

꾸미고픈 보금자리.
전셋집도 '우리 집' 이다.

빨래를 널던 어느 날.

문득 깨닫고야 말았다.

난 정말로
좋은 남편이란 사실을

사랑하는 아내의
수고를 덜어 주기 위해 난

한 번밖에
안 갈아입었다구

아내 꺼   내 꺼

빨랫감을
최소한으로 만들고 있었다.

"
어때요? 어렵지 않죠?
좋은 남편 되기가 가장 쉬웠어요.
"

신혼 3년 차.

우린 아직도
방귀를 못 텄다.

엄마~ 저 왔어요

본가 방문일.

앗! 또 신호가...

찌릿

찌릿

이상하게 쑥스럽네

못 꾸겠어;;

습관이 참 무섭다.

신혼생활은
품위 유지에 도움을 준다.

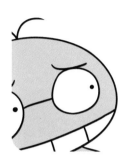

부부는 닮아간다고 한다.

겉모습?
닮은 것 같다.

다 내 탓인가;;

큰일이다.
성격도 닮아 버렸다.

좋은 것만 보고 좋은 것만 닮자.

부부의 입맛이 다르면

요리는 어떻게 만들어질까?

사이좋게 중간 맛?

요리엔 그런 거 없다.

3년 후.

그렇게 부부는 입맛도 같아진다.

깜짝

큰 볼일
중인데...

어어~
손 씻어

금방 나갈게

신혼 초.

응 싸
30분 기둘려

신혼 3년차.

큰 볼일까지 공유한다는 건
내 모든 걸 공유한다는 것.

비빔밥의 비밀

대박!!!
내용물 종류가
엄청 많아~!

버섯,
콩나물,계란,
오이지~~

...

냉장고
청소 완료

오늘은
부대찌개네..?

뭔가
찜찜해;;

다음 날.

맛있으면 묻지도 따지지도 말자.

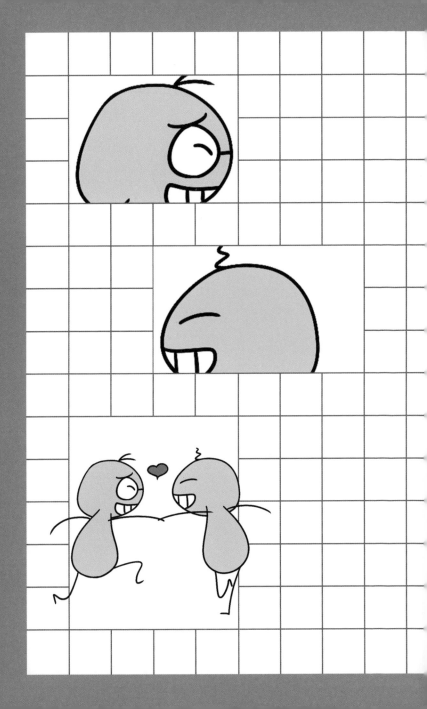

3

신혼부부로 남다

모든 연차

부부는 일심동체?

부부는 일심동체라고 한다.

같이 먹고 놀고

같이 자며

같이 깬다.

우리는 하나　　하나가 맞네

부부는 일심동체가 맞다;

'같이'가 주는 부부의 '가치'.

둘,
완전 빠른 냉난방.

셋,
어디서든 보이는 내 사랑.

넷,
향기도 잘 퍼짐.

집이 작은 만큼
사랑도 더 쉽게 채워진다.

신혼의 행복은
'함께' 하는 데서 온다.

매일 '함께' 놀고

매일 '함께' 먹고

매일 '함께' 자고

그래서 말인데
설거지도 '함께' 할래?

난 한식이
좋아

난 양식이
좋아

난 비 오는 날이
좋아

난 맑은 날이
좋아

난 늦게 자는 게
좋아

난 일찍 자는 게
좋아

난 더위가
싫어

난 추위가
싫어

우리… 어떻게 결혼했지?

달라서 매력 있다.
고로 결혼했다.

친구 모임을 나갔다.

난 오늘 모임
한 달 전부터
아내한테 빌어
나온 거야

아내 사랑이
+1 올라갔습니다.

더 큰 사랑은
작은 말 한마디에서 시작된다.

우리는 부부싸움을
해 본 적 없다.

어떻게?
방법은 딱 두 가지.

양보하거나

항복하거나.

참 쉽죠?

양보와 배려하기.
부부 사이엔 승자가 필요 없다.

2년? 3년?　　　5년? 10년?

신혼의 기한은
과연 언제까지일까?

7년 아냐?
신혼부부 전세대출
기준이 7년이니...

그런가...

2년 정도일껄?
권태기가 그쯤
시작되니깐

...

아마 하루?
첫날밤 지나면
신혼 끝이지~

...

할멈~
우리 아직
신혼이지?

당연히
신혼부부지

결국 신혼의 기한은
부부 마음먹기 나름.

국어사전에도
신혼의 기간은 없다.

올바른 부부 잠자리 자세

왜 잠은 위를 보고
자는 것일까.

서로를 보고 자면
더 좋은데 말이지.

왜 위를 보고
자는지 알았다.

모든 자세엔 다 이유가 있다.

아내가
여행을 떠났다.

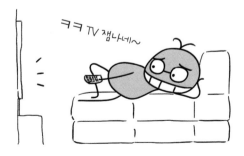

지치는
퇴근길...

하아 ♪

떠나고 나서야
그 소중함을 안다.

제발 있을 때 잘하자.

신혼부부의 생명은 유치함이다.

대화의 유치함.

행동의 유치함.

유치함을 잃는 순간,

주굴래?
다시 입어

아네...

공손

신혼부부가 아닌 그냥 부부다.

남의 눈치를 보는 순간
그냥 부부가 된다.

어느 주말 저녁.

맛있는 음식과
멋있는 음악과
사랑하는 사람.

부부가 매일
행복할 수밖에 없는 이유.

행복에 그 이상
더 필요한 것이 있을까?

결혼 후 소홀해지는 것들

결혼을 하고 나면

소홀해지는 것들이 있다.

아무리 그래도

생일만큼은 그러지 말자.

부부가 되었다는 이유로
하나씩 놓다 보면 다 놓치게 된다.

신혼부부라면
봄에 씨앗을 심어 보자.

알콩달콩~♪

부부가 함께 가꾸고

무럭무럭 자라는
식물을 보며

사랑도 함께
커가는 느낌이랄까.

물론 딱 가을까지만.

봄이 언제나 돌아오듯
더 사랑할 기회도 언제나 열려 있다.

3장
신혼부부로
남다

겨울이다.

겨울은 고마운 계절이다.

원하든 원하지 않든

부부를 가깝게
만들어 주니깐.

떨어져~ 쫌!!!

물론 여름은 반대다.

일 년 내내 더워줘야
진짜 행복 부부.

드디어
신작게임이
내 손에!!!

게임 좋아하는 남편은

또 뭐야!
또 게임 샀어?!!

벌벌

응?
그게 말이지..
그 모냐...

항상 아내의 눈치가 보인다.

쇼핑 좋아하는 아내는
저리 당당한데

우리 남편들도 당당해지자.

물론 상대는 좀 봐가면서….

상대의 취미를 존중할 때
나의 취미도 존중받는다.

요새 핫한
포X터 돈까스래
일찍 좀 안 서면
못 먹는대

나만
믿어

TV 보던 어느 날.

나 미쳤나 봐~

35번까지만
먹을 수 있대

9시 번호표 받으러
밤 12시 도착.

기다리며 생각했다.
난 왜 이러고 있나.

내가 이러는 이유는

결국 돈까스 맛이 아닌
아내 미소 보는 맛으로.

누군가에겐 미련해 보일지 몰라도
나에겐 충분히 가치 있는 일.

설거지를 하다가

100세 시대를
살고 있는 우리는..

문득 100세 시대란
단어가 귀에 들어왔다.

그렇다는 건

64년이나 남았네,
설거지할 시간이.

난 양반이구먼...ㄷㄷ

물론 요리할 시간도
마찬가지.

부부가 더 사랑할 시간도
64년이나 남았다.

어느 날 저녁.

내가 아님
누가 먹냐

feat. good 어머님께

나도 퍽퍽살 싫어해.

부부가 사랑할수록
오해는 더 쌓인다?

신혼의 즐거움 중
하나는 요리.

함께 하는
시간의 맛이 더해져

오 오 오

최고의 맛이 완성된다.

맛있어?

웅! 짱맛~

단, 맛있는 요리는

설거지도 많다.

"

그래도 설거지 많을 때가 행복할 때.

"

어느 날 오후.

TV채널 돌리고픈데...
리모콘 집으려면... 깨겠지?

다리 가려운데...
긁으면... 깨겠지?;

결국 아무것도 못 했다.

그래도 하난 했다.
아내 안 깨우기.

사랑에서 비롯된 배려.
부부의 사랑은
보이는 게 전부가 아니다.

BONUS

아내의 일기

신혼의 꿈과 현실

결혼 전.

결혼 후.

여보~ 밥 먹어!

앞치마는 무슨~

덩그러니

> 행복한 꿈은 그래도 꾸는 게 낫다.

엄마야!!
벌레 좀 잡아줄래?

와와~

벌레 요놈!!

에구 어쩌지~
전등 좀 갈아줄래?

...

끄으응~ 됐다!!!

와와~

끄응~
병뚜껑 좀 따줄래?

와와~

빠샤!!!

으쓱으쓱

씨익

사실 다
할 줄 앎

결혼, 할 만하구만.

서로 하기 싫은 걸 해 줄 수 있는 게
바로 부부.

여보~
맛난 저녁 해줘!!

응?;;

반짝 반짝

에고 힘들다~

후끈 후끈

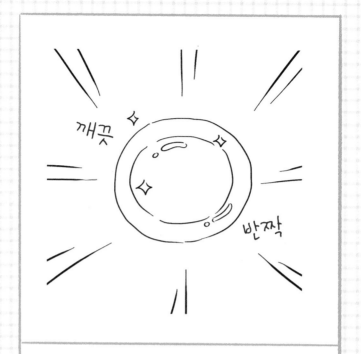

다음 날.

씨익

깨끗한 접시를 보면
가득 채우고 싶은 마음.

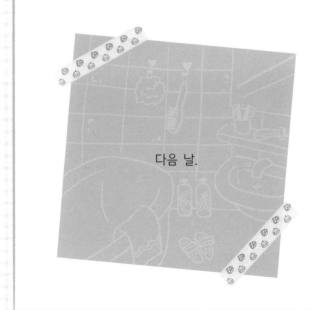

샤워 했어?
쓴 타월은 어디에?

아~ 한 번 더
써도 되지 뭐~

시원하다

그럼 갈아입은
속옷은?

아~ 한 번 더
입어도 되지 뭐~

이게 내 남자?

결혼 후에야 진짜 정체를 알 수 있다.

남편의 게임 취미가 싫은 이유

여보 게임 좀
그만해~

먼저 자~
조금만 더 할게

그럼 딱 12시까지만 해

알았어~

그럼 나
먼저 잔다~

치…, 바부팅이.

같이 있고 싶단 말야.

마주하기 힘든 저녁.
그렇다고 낮에 하는 게 좋다는 건 아니다.

+10분

+30분

...

도대체
뭐 하는 거야...

살아있는 거… 맞지?

풀리지 않는 미스터리.
화장실에 뭘 숨겨놨나?

응? 어디 갔지;;;

휭~

피팅룸

뭐 하고 있었어~
나 옷 좀 봐줘

쇼핑 힘들어...

질질질

>>

...

훼잉~

이 자슥이.

1분만 봐 주면 하루가 편할 텐데.

치… 미리 좀 말해주지.

> 입맛 돌지 않는 혼자만의 식사.
> 최고의 요리는 함께 하는 데서 완성된다.

여보~ 건조대서
빨래 좀 가져올래?

응~

잠시 후.

수북

여보~ 빨래 좀
개줄래?

잠시 후.

건조대에서
빨래 좀 가져와 개어서 넣어줄래?

일주일 후.

또 일주일 후.

여보!!
족발 사 왔어!!

나 그거 못 먹는데...

에이~ 한 번만
먹어봐

3년 후.

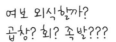

여보 외식할까?
곱창? 회? 족발???

으잉? 안 땡기는데...

부부생활 3년이면 입맛이 변한다.
하나가 되어가는 우리.

러얼
REAL

신혼
일기

제 이야기와 끝까지
함께 해주신 모든 분들께
진심으로 감사드려요!

사랑하는 아내 놀보와의 추억을
하나하나 새겨 보자 했던 게
어느새 여기까지 왔네요.

작지만 소중한 제 이야기들이
보시는 분들께 조금이나마
도움이 되셨으면 좋겠습니다.

특히 이 자리를 빌어
많은 힘이 되어준 가족, 친구들,
그리고 아내 놈보에게 감사드려요.

끝으로 이 순간 제 곁에 있는
시윤이에게도 사랑한다고
전하고 싶습니다

이 세상의 모든 신혼부부 화이팅!!
앞으로 계속 될 레알 임신, 육아이기도
많이 사랑해주세요

'혹시 지금 신혼이세요?'

제 작품을 감상하신 분들께 드리고 싶은 질문입니다.
신혼부부란 어떤 부부일까요?

국어사전)
[명사] 갓 결혼한 부부

사실 이 세상의 그 어느 사전에도 신혼의 기한을
정확히 명시한 곳은 없습니다.
즉, 신혼의 기한은 없다는 것이지요.

전 신혼이란 말을 들을 때마다 이런 단어들이 떠오릅니다.
'설렘, 상큼, 행복, 기쁨, 사랑스러움'
신혼부부를 다시 정의한다면,
이런 감정을 느낄 수 있는 순간까진
그 누구든 나이나 결혼 기간에 관계없이
신혼부부라고 할 수 있지 않을까요?

제 작품은 실제로 겪은 신혼생활을 바탕으로
누구나 쉽게 볼 수 있고 소소하게 웃을 수 있도록
가볍게 만들었지만, 가급적 그 안에 의미와 메시지를 담으려
노력하였습니다.

교과서적인 가이드가 아닌 알콩달콩한, 때론 부족한 모습들을
'REAL'하게 전달드리고 그 모습을 통해
저희 같은 시행착오를 하지 않으셨으면 하는 바람이 담겨 있습니다.
제 바람이 조금이라도 이루어졌을까요?

자 그럼 다시 한번 질문드리겠습니다.

'혹시 지금 신혼이세요?'

또리

ᴿᴱᴬᴸ 신혼일기

1판 1쇄 발행 2020년 12월 18일

지은이 | 또리

펴낸이 | 유재옥
본부장 | 조병권
책임편집 | 김다솜
디자인 | 김보라
마케팅 | 한민지
물류 | 허석용
제작 | 코리아피앤피

펴낸곳 | 올라Hola
출판등록 | 제2015-000008호
주소 | 서울시 마포구 토정로 222, 403호(신수동, 한국출판콘텐츠센터)
이메일 | hola_book@naver.com
전화 | 편집부 (070)4164-3960 기획실 (02)567-3388
　　　 판매 및 마케팅 (070)4165-6888, Fax (02)322-7665
ISBN | 979-11-6611-376-5 (03810)

*올라Hola는 ㈜소미미디어의 출판 브랜드입니다.